歌集 百耕

中井康雄第五歌集

砂子屋書房

＊目次

平成十六年
年の始め　13
羽前金瓶　18
陸稲　21
木苺　24
真瓜　29
棗　32
余光　36
零余子　40

平成十七年

国の涯　47
備中鍬　53
天秤棒　57
孟宗林　60
瓢の花　63
雀脅し　67
握り飯　73
猫背　77
藁塚　80

平成十八年

寒晴れ 87
春風 92
茱萸の実 97
百姓心 104
石榴 110

平成十九年

日本列島 119

春耕 123
数珠玉 129
柿の花 132
肥後守 138
零余子 141
木犀 146

平成二十年
寒時雨 151
由布岳 155

水張田　161
穂孕み　166
日本南瓜　169
歌会　173
曼珠沙華　175

あとがき　182

装本・倉本　修

歌集　百耕

中井康雄第五歌集

平成十六年

年の始め

あらがねの土に韻《ひび》きて今年この年の初めの光が差せり

元旦の道歩みつつ田の面の堆肥の匂い立つところ過ぐ

ぬばたまの闇の底いにきしきしと球緊《たま》まりいむ霜夜のキャベツ

豌豆の白花咲きて赤咲きて呆けし婆が唄いつつゆく

炭焼きのいとまに目白など飼いて生きたり父は母亡きのちを

溝川に沿いて日当たる笹叢の根方はつかに雪消残れり

きさらぎの坂下りつつ足裏の指の付け根の汗ばみて来ぬ

ドッグカフェという店出来てあしたより金鎖銀鎖の婦人出入りす

葱の秀を濡らし降る雨昼過ぎて綿雪混じる雨となりたり

春しぐれ過ぎたる庭に並べ干す地下足袋がゴムの匂いを放つ

菜を間引くついでに傍《そば》の豌豆の膨らみ指の先に摘まめり

春蘭の鉢を朝夕移し替え足りつつ日々をあり経る妻か

鳴きのぼる雲雀の声の聞こゆべき春日をいかに君過ぐすらむ

すがのねのながき春日を遠く来て君の弔いに一日《ひとひ》費やす

羽前金瓶

春耕の土新しき畑中立つ牛糞の匂いも親し

早咲きの桜開きてその色の美しからぬ下に来て立つ

今頃になれば思ほゆかの庭のお直桜のうす紅のいろ

茂吉の疎開先斎藤家は妹お直の婚家、お直手植えの桜あり

斎藤茂吉の記念切手を送り来ぬ勿体なし使えずと大石田より

大石田歌会は第三日曜日『白き山』を十首ずつ読む

わがために夏の蕨を摘みくれし高橋重男翁みまかる
高橋重男は茂吉の甥、山城屋旅館主人

峰尖る鳥海山と円かなる月山が今朝テレビに映る

蔵王山山頂歌碑を背景とせる一枚が抽出にあり

陸《りく》　稲《とう》

肥薩線南開けて青麦の続く果たてに光る海見ゆ

灯台へ続く下りは厚ら葉の椿日に照る雪雲切れて

わがなせるごとくに莫蓙に切り干しを広げて干せりこの家もまた

波止場あり分校ありて忠魂碑立つ広場には天草《てんぐさ》を干す

黍畑甘諸畑の続く道稀に陸稲《おかぼ》を作る畑《はた》あり

分校の運動会にて藁小積み薪割り競走という競技あり

火の見櫓のスピーカーより言う声は「オレオレ詐欺と猪《しし》にご注意」

木　苺

草刈ると地下足袋履きて出で来しが木苺摘みにゆくことにする

朝露の乾く間《あいだ》を麦畠に昨日孵りし雛を見にゆく

山越えて砲撃つ音の聞こえくる菜を間引きいるここの畑に

箱面の農薬希釈倍率の文字もこの頃見づらくなりぬ

子が送り来たる盃《さかずき》農薬の計量カップとして重宝す

噴霧器のノズルの先に立つ虹が山の緑を一跨ぎせり

除草剤用ホルモン剤用液肥用兄は噴霧器をいくつも持てり

巻きのぼる蔓に右巻き左巻きあるがおもしろ腋芽摘みつつ

押し合いてまるまる芋の太りいむ里芋は葉の深緑なす

一輪車に溜まれる水に浮く月のまんまる揺らしながらに帰る

帰るとき来しときよりも足重し汗に濡れたるシャツの重さに

唐黍を噛みつつ甚《いた》く難渋す奥歯只今修理中にて

真瓜

太極拳など習いつつ生き生きと暮らせり友は作歌をやめて

山ひとつ越えたる沼に咲く花の前に屈みてすぐに帰りぬ

江戸のあやめ肥後のあやめの花の別聞きつつ屈む肥後のあやめに

ベートーベン聴きてトマトの甘み増す話を今日は遠く来て聞く

黄ばみゆく広葉が中に抜き出でて茎くきやかに立つ緑あり

妻のマクワわれのマクワと印《しる》して熟るる日を待つ妻とわれとは

棗

代掻きを終えし田の面の泥に朱の差して夕べの雨は上がりぬ

分蘖《ぶんけつ》を終えたる苗が水の面《も》に直立の濃き影を落とせり

早苗田を吹きて来たれる夕風が凌霄花の花揺らしゆく

梨の実の摘果なしつつ落とすべき実をひとつずつ落としてやりぬ

真夏日の光しずけき丘畑黍は葉擦れの音の乾けり

三日程盆に休みて来し畑熟れてトマトはみな口を開《あ》く

この長き夏の旱に道端の白粉花《おしろいばな》は夕はやく閉ず

朝ごとに露を結びて瑞々しかりし円葉も黄ばみはじめつ

棗の実生りて影置く堅土の土の面《も》低く吹く風のあり

澄みわたる天つ光に丘の上《へ》の黄菊は細き眼を開きけり

余光

台風の過ぎたる道に青栗の口あまた開きているは楽しも

台風に落《あ》えたる梨を選別す小売り自家用廃棄の別に

一方《ひとかた》に薙ぎ伏しにけり見下ろしに棚田の稲穂谷に向かいて

研ぎ上げし鎌の切れ味いかばかり首刎ね落としゆく曼珠沙華

こんないい稲刈り日和を人死にてひと日費やす隣保の役に

稲刈りと歌集出版記念会結局稲を刈ることとする

穂腐れの三百町歩にここのこのわれの棚田も含まれいるや

夕立の水の溜りに浮く月の形崩して備中鍬《びっちゅう》洗う

雨あとの湿り具合を掌《てのひら》にはかり今年の蕎麦の種蒔く

茜・朱・燕脂・朱鷺色・鶸・浅葱　余光は山の背向に長し

わが畑の芋食い足りて猪の親子一夜《ひとよ》を熟睡《うまい》せりけむ

零　余　子

呆け防止講演聞きて二つ三つ得心せしが忘れて帰る

文庫本週刊雑誌の前通り健康雑誌の上に手が伸ぶ

健康体操一〇〇のポーズの十余り今宵こなしつお風呂上がりに

草取りに行きたる妻が一摑み零余子手にして帰り来たりぬ

実習に剪られ剪られて柿の木は柿の木ならぬ形に立てり

赤過ぎし山の斜面はひといろに傾きゆけり黄《きな》を交えて

谷川の淵なすところ水底の石見え石を日の影動く

福助におかめひょっとこ達磨顔出てくる出てくる鍬の先より

日の暮れの街上ゆけば側溝を浚えし道の泥も凍れり

道芝に輝く霜は稲藁を焼きたる灰の上にも置けり

大根の肩高く立つ傍らに人参の芽の未だ稚し

小豆選る手許小暗くまた明かくなりつつ外は雪の降るらし

平成十七年

国の涯

国前《くにさき》が国崎《くにさき》になり国東《くにさき》に変わりて国の涯に変わらず

軒ごとに日の丸掲げ元旦の旧街道は海に続けり

バケツにて年を越したる臘梅が花を咲かせつバケツの中に

兄弟の五人老いつつ生国に耕す兄がひとり孫もつ

産土の社《やしろ》に今も掛かりいる「乃木将軍殉死ノ圖」

帰る当て無きふるさとに今日は来て蜆貝採るズボン濡らして

寺の名はここに残りて道端に石の佛を寄せて耕す

帰らんとするを待たせて大根と新米少し下げて出で来ぬ

歌作るを蔑《なみ》すがごとき物言ひを百姓の言として尊重す

畦焼きの灰がときおり降りてくる味噌豆を煮る庭の面に

天麩羅に味噌に炒めてふるさとの夷《えびす》山べのたらの芽を食う

椎茸の駒打つ腕の火照りきて使わぬ足の先が冷たし

一摑みずつ取り出だし打つ駒の駒少しずつ減るはうれしも

めいめいに駒打つ音のあるときは重なり一つに響くときあり

地下足袋の小鉤を掛くる指先の痺れ続きて三月終わる

備中鍬

今年まだ鳴かぬと思いいいし鷽《うそ》が鳴きてその後《のち》しばしば鳴けり

山畑に鳴き始めたる鷽の声に合わせて尿《いばり》を放つ

トマトもぐビニールハウスに音立てて木の芽起こしという雨が降る

備中鍬《びっちゅうぐわ》に起こす春畑ほくほくと湯気立つまでに土ういういし

農協に職得し隣の英坊《ひでぼう》が出でゆく中古の車に乗りて

ダンス習い絵を描き思い切り妻は楽しむらしも職退きしのち

種籾を妻と選りつつ半日を籠れば自ず心睦めり

竹林の荒るると見かねて竹炭を焼く

炭窯の火を守《も》る隙にお彼岸の接待講の集金に行く

出稼ぎの主人帰りて隣家《となりや》の耕耘機やや大型となる

畦焼きの炎が遠く赤く見え日の暮れ寒き雨となりたり

天秤棒

薹立ちて貰いてくるる人の無きキャベツを三度三度に食す

地下足袋がやはり最も安定す天秤棒に畦わたるとき

苗箱を天秤棒に畦わたる足の裏にて調子とりつつ

刈られたる雑草《あらくさ》土手に三日ほど経て黄ばみたりいたく萎びて

この永き旱に熟れて麦は穂の音の乾けり夕道来れば

幾千の茅花の白穂夕焼けて余命膨らむごとき高原《たかはら》

サイレンと共に始まりサイレンと共に終わりぬ今日厠にて

麦藁帽子

通勤の道行く人らに見られつつ牛糞匂う一輪車押す

だましだまし使いてきたる耕耘機が深田の泥に今日息絶えつ

トラクター動きていたる田の面《おも》の泥の匂いがしばらく立てり

雨合羽の上に広げて昼休みに摘みし山桃を妻と分け合う

置き忘れし麦藁帽子を取りに来て南瓜の花を吸う蜂に遭う

田植足袋脱ぎたる足が気味悪きまで生白《なま》し水の底いに

掌《てのひら》に来たる蛍を光らせて揚水ポンプの番をするなり

孟宗林

遠くよりお馬の親子歌いつつデイサービスのバスが来るなり

今年竹皮《ことしだけ》脱ぐときに孟宗の林はうすき緑のそよぐ

節分の酒に転びて痛めたる肘の痺れが今宵声あぐ

暗きより暗くなるまで田草取り疲れたるとき性欲兆す

苦瓜と茄子の味噌煮を喜びて食べて今年の夏至いつか過ぐ

眠る子の蹠《あなうら》見えてあなさびし薄桃色が脈動なせり

地下足袋に貼り付く泥を食べ終えしアイスの棒にこそぎて落とす

臓病むは人のみならず潰瘍に芯より腐り枯れゆくトマト

舌の根の奥の辺りにへばりつきトマトの皮がいつまでもあり

溜池に溺死の鼬《いたち》青枯れのトマト焼く火にくべて送りぬ

田草取る股間ほのかに茜して行　入山《ぎょうにゅうさん》に日の入るところ

雀脅し

鍬の柄に汗に濡れたる作業着を吊るしてしばし昼を眠れり

溝切りをひと日続けて疲れたり手より足よりまず心《しん》萎えて

耳底に常鳴く蟬に重なりてつくつく法師の声する今日は

熊蟬の声聞こゆれどその声の群らがり鳴くということのなし

水底の砂動かして湧く水の水清ければ魚の子も居ず

葬儀屋の前過《よ》ぎらむとしたるとき自動扉がふとも開けり

しらたまの夜《よ》ごとの露をいただきて瓢の花の白鮮らけし

夕顔の実が干瓢と知りしより干瓢の実の愛しかりけり

発芽まで日数《ひかず》食いしが茎太くずんぐり型の良き芽の出でつ

スプーンに掬い西瓜を食べており子の恋人とその親の前

遠くにて雀脅しの銃音《つつおと》の聞こゆる昼を熱出でて臥す

血を吸われたりしところを掻きおれば別のところが痒くなりたり

朝露を手にし拭いて秋茄子の紫紺一本呑み下しけり

畦道の腰掛石に先客の落としゆきたる糞《ふん》が白しも

口裂けし通草《あけび》三つ四つ隠しより取り出し畳の上に置きたり

握り飯

年号を西暦換算なすときに昭和二十年より増減す

日本《にっぽん》の薄《すすき》を駆逐せんとせし泡立草も衰亡したり

見ておれるときに変わらぬ白雲の見ていぬときに形を変えつ

初霜のいつ見舞いてもいいように早生と晩生《おくて》を日を置きて蒔く

エリートにあれどこの人握り飯畦に頬張る喜び知らず

手を洗い鍬を濯ぎて残りたる水を双葉にこぼして帰る

下刈りの合間合間に摘み溜めし零余子が両の隠しに重し

温暖化などと言うとも有り難し師走蓮田の凍ることなし

蓮根を掘る泥中の足冷えて十指こもごも絶えず動かす

猫背

わが上に老いの徴《しるし》の端的に身の丈五ミリばかり縮みぬ

一〇〇〇cc血を抜かれたるわが身体《からだ》一〇〇〇cc軽き身体を運ぶ

新装のパチンコ店に散財し百円ライター貰いて帰る

自ずから猫背に歩く癖あわれ洋装店のガラスに写る

わが町の書店なくなり月々のグラビア美女にも会えずなりたり

お茶殻に塩振りかけてラップしてチンして昼の一品となす

こぼしたる飯粒一つ一つずつ摘まみて口に入れおり妻は

食べ終えし食器傍えに押しやりて夜なべ仕事の場所を確保す

藁塚

引っ越して来たる奥さん意地悪くときどきこちらを向きて微笑む

家康はどうしても好きになれない

家康を狙いし唾が淀殿の顔にかかりぬ画面変わりて

今日あたり確か冬至とお茶の間に思いておれるときテレビ言う

藁塚の日向に昼は蟆子《ぶと》群れて暖かき日は三日続きぬ

草山の斑雪が上に日の差して明日よりはまた日が長くなる

一年の最短の日の夕つ日と大根竿に担ぎて帰る

冬至過ぎなお幾日か夜の明けの遅るるあわれ覚めて思えば

豌豆の根方に撒きし籾殻の上にはつかに初霜置けり

一年間茶の間見下ろし給いたる皇太子一家を壁より下ろす

夏の夜に掬いし金魚その背鰭曲がりたるまま生きて冬越ゆ

平成十八年

寒晴れ

「氷糖の如し」といえる歌ありて茂吉先生仰ぎたる山

寒晴れの野をゆく風は柔らかき矛立ち並むる麦の芽を吹く

岩間より滴り落ちて岩を打つ音の清《さや》けし岩に韻《ひび》きて

町内に日の丸立つる家ありてそこの主人と仲良くなりぬ

通る人誰彼なしに吠えかくる犬が前行くわれを無視せり

照りながら降る綿雪に肩濡れて石の佛はみな眼《まなこ》閉づ

枯芝の中の小草らそれぞれにみな粒ほどの紅《こう》を掲げつ

葉の縁の少し赤茶け常緑《とこあお》の酸葉は土の面《おもて》に低し

ツンときて香のかぐわしき柑橘の小女吉店《おじょきち》に並ぶことなし

特攻隊知らぬ二十歳《はたち》のバスガイド歌う軍歌についい涙せり

車内にて話しかけきて小うるさしときどき軽く頷いておく

一生を一日《ひとひ》となさば午後六時過ぎたる頃か現在のわれ

春風

良き種と悪しき種とを指に別け良き種残る手の平の上

如月のゴビの砂漠に風吹きて春甘藍の緑を汚す

三寒の後《のち》の四温に温床の土ほくほくと湯気立つごとし

昼陽差す路上に長々胴延べて息づくバキュームカーのホースは

無駄枝を切りてもらいて梅の木は蕾ほっこり鶯を待つ

徒長枝を落とし枝先切り詰めて梨の畑の明るくなれり

国会中継消して出で来てほっこりと蕾膨らむ花の下ゆく

どこといって悪いところはないけれど頭《つむり》がちょっぴり淋しくなった

髪薄くなれる頭《つむり》を春風《しゅんぷう》に吹かれて歩む今日西行忌

頭《つむり》ややわれより薄きこの紳士革ジャンパーをうまく着こなす

わがなせるごとくに若きこの人も舌に切手を舐めて貼るなり

手術後の兄が癌病む兄嫁と一泊旅行に行きたりという

決断のつかざるままに出で来れば昼の光に花散るばかり

茱萸の実

酸模《スカンポ》の群れ立つ向こう夕焼けてわれを背負える若き母ゆく

口開きて昼を居眠るこの妻にほとほとわれは庇護されて来つ

母さんと仲良くしてねと添えてある嫁ぎゆきたる子よりの手紙

物干に下がるパジャマとネグリジェの裾がからまることなどがあり

キムチ食うわれと納豆好む妻どちらも同じ左膝病む

ネバネバが体に良しと人のいう納豆のそのネバネバが嫌

綿入れを解《ほど》きて妻が受粉用ボンテン玉を作りくれおり

なめくじの退治に買いし缶ビール少し残して寝る前に飲む

天秤棒担げるわれはペンギンのよちよち歩きのごとくに歩む

スカンポの穂の立つ道は代掻きを終えし田の面《も》の夕焼け映す

刈麦《かりむぎ》を干す隣田は尺余り伸びたる苗の緑そよげり

畦塗りに来たるついでに足延ばし父と母との前に屈みぬ

山緑《あお》くなりゆく中に竹叢はそのしずかなる色を保てり

草刈機に事故死の不運蛇《くちなわ》は頭《ず》と胴離れ離れになれり

一度撒くだけで百年草生えぬ農薬どこかにあるはずないか

しらたまの夜ごとの露に茱萸《ぐみ》は実の透きとおるまで朱極《あけ》まりぬ

今年鳴く初ひぐらしは田草取る棚田の下の谷より聞こゆ

竹筒を繋ぎ合わせて高き田に巧みに谷の水導けり

近づけば蓋の開きてうす気味の悪しこの家《や》のハイテクトイレ

百姓心

歌心《かしん》とう言葉ありまた百姓に百姓心《ひゃくしょうしん》という心《こころ》あり

水一斗飲んで棚田の田起こしに弛む五体の箍《たが》締め直す

分蘖《ぶんけつ》の始まりたるや昨日今日ここの田水の減りゆく早し

田草取る股の間より照りつけて赤き夕日が顔面に差す

澄みわたる昼の光に花開き稲はしきりに花粉を零す

歯応えを楽しみたりしかの頃の唐黍の味かのころの夏

猪の食い荒したる唐黍がコーンスープに早変わりせり

百姓をやめて勤むるこの家も庭に土付くじゃが芋を干す

回覧板下げて来し手に一摑み持たせくれたる青紫蘇匂う

夕立の去りたる後の堀割にえごの白花数多く浮く

入り浜の渚の砂に日の差して一日荒れたる凪も凪ぎたり

土の面に転がる西瓜手の平に浮かして藁を敷きてやりたり

抱擁をなすがごとくに台風に倒れし稲を双手に起こす

追悼　山部悦子

斎藤茂吉の模倣を歌会に指摘され汗噴き出でしこともありにき

歌会《うたかい》に梅雨の晴れ間の今日一日《ひとひ》潰れ受粉の適期逃しつ
歌人にもなれず百姓にもなれず百姓擬きの歌弄ぶ

石榴《ざくろ》

おのずからその身弾けて真っ二つ石榴は赤き火を吐きにけり

百日紅《ひゃくじっこう》百日咲きて百日の一日《ひとひ》ひと日の淡紅の紅

真っ昼間かんかん照りの畑道バッタがぴょんと跳ねて秋立つ

この石にまた躓きていまいまし畑境《はたけざかい》に父埋めし石

屑梨の中より傷の少なきを選りて一箱捻出したり

形良く色艶よくて農薬を使うななんてそんな無体な

五百より択りし三百その中の百個ばかりが売り物になる

六百個干瓢割りて種子五升得たり四人の一日仕事

今年この俵の重しどっこいしょ体力ことに気力弱りて

陽を追いて移す筵も午後三時過ぎて日当たるところとてなし

新しく下ろせる鍬にいつもより今日自然薯の箱数多し

掘り上ぐる自然薯どれも寸足らず稀に長きは曲がりのありて

網の目になりたるキャベツさりながら日に照る蝶の飛翔美し

山門に続く石段その奥に赤くなりたる葉を見て帰る

表向き裏向き土に落ち着きて落葉それぞれ陽を浴びている

後ろ手にあるいは腕を組みているときあり用のなき歩みにて

平成十九年

日本列島

あらたまの年の光は牛小屋に敷き重ねたる新藁に差す

今年こそ今年こそはと今年また手を打つ東の方に向かいて

晴れマーク並ぶ日本列島の端っこ北方四島映る

味噌豆の煮ゆる匂いも親しくてふるさとの家に今朝は目覚めつ

この夕べ国東《くにさき》五岳小門牟礼《おどむれ》に笠雲かかり雨となるらし

春日照る湾の平らの向こう側わがふるさとの上空曇る

里芋の皮浮きている庭池の面《おもて》うっすら氷が張れり

川土手の日向に雪は藁灰をのせて残れり丸く小さく

朝早く起きて歩むは心地よし誰にも人に遇うことのなく

何か用にたつかも知れぬ道端に縄の切れ端拾いて帰る

山茶花か椿かこれはそんなことどうにでもよし紅《くれない》深し

春耕

歌作ることを忘れて怠りて過ごせば朗ら大根太る

海面《うなおも》は鶴見颪に騒立ちて万の白兎が跳ね飛ぶ跳ね飛ぶ

道芝に輝く霜を踏み歩むわれにも確かにあった青春

曇り空低く垂れこめ降る雨は矛立ち初めし麦の芽に降る

春耕の新土《あらつち》匂う畑道《はたけみち》ひと夜の雨に土潤いて

勤めなく用なきわれはお茶の間の黄門様の画面に坐る

折込みの広告多きことなども少なき日々の喜びとせり

畑打ちておりたる鍬をそのままに群れはじめたるメダカ見にゆく

菜を少し間引き豆播き一万歩歩みて終わる今日の一日《ひとひ》も

お隣におすそ分けせし竹の子が筍御飯となりて戻り来

百姓はこんなもんだよ赤き日が山に落ちゆくまでを見ている

歳若く死にたる兄を思うときいつもさみしき馬鈴薯の花

茜っ娘・あき姫・女峰・やよい姫選りどり見どり苺の売場

痛みある左の肩に膏薬を貼りて痛まぬ右にも貼りぬ

動きいる動かざる葉の静かにて蓬萊竹は砂庭に立つ

藪椿落ちて湿りているところ抜けて日当たる渚に出でつ

数珠玉

豊後肥後日向三国引き束ね天そそり立つ健男霜凝日子《たけおしもごりひこ》の御山

竹樋に谷の湧水引き入れてここの狭間も田を作るかな

山鳩の鳴かざるときに鶯の鳴くことありてその声聞こゆ

常《とこ》湿る切り通し道孟宗の夏の落葉の蒿を踏みゆく

細流はここにて尽きつ石原の石の間《あいだ》の砂湿らせて

山峡の奥より時雨下りきて向かいの山の赤を隠せり

青き実も幾つか混じり数珠玉の円実《まろみ》は霜に白くなりたり

おりおりに来たりて越ゆる街川のこの夕川の水の明るさ

柿の花

蕺草《どくだみ》の十字の花の美しき小路をゆけば柿の花落つ

いまいましきことなりながら今日はまた女子高生に席譲られき

デジカメに携帯電話・iPod《アイポッド》三種の神器のごとく子は持つ

バイオリンを息子作ればチェロ奏者ロストロポービチなどの名も知る

マネキンののっぺらぼうの顔見えて洋裁店は昼を灯せり

新しき鍬を買いたり新しき鍬に畦塗る泥の切れよし

紫陽花の球に来ている紋白の蝶を映せり今朝の画面は

蛇の子が体くねらせ川わたるその身流れに流されながら

水張田の広がる向こう雨後《うご》の陽に濡れて光れる寺の屋根見ゆ

「尺」と「貫」とっくに消えて「升」のまだ残りて「坪」は未だ健在

「二十歳《にじっさい》」「拳銃」などとテレビ言う「はたち」「ピストル」では悪いのか

街頭に手渡されたる売り出しのチラシに散歩の右手塞がる

側溝の蓋を鳴らして午前五時過ぎたる頃に牛乳屋来る

つれづれの日々の暮らしの小波《さざなみ》に今日近所より弔い出でつ

詰まりつつ声に言うとき陳腐なる弔辞と思うに涙の出でつ

肥後守

人参の種一《ひと》摘《つま》み袋より摘《つま》みて指に捻りつつ播く

杉の木の梢に止まり山鳩が種蒔くわれを見下ろしている

山畑に豇豆《ささげ》の竹を立ておれば下より昼のサイレン聞こゆ

ポケットに焼酎壜と肥後の守入れて出でゆく井堰の番に

南海に産声あげしラニーニャ《（女の子）》がわが田の面《おも》に罅割れ作る

稲光走れ雷鳴《らい》れ分蘖《ぶんけつ》の程よし今が穂孕みのとき

山影の伸びて陰なす頃合いを計りて芋の草取りにゆく

零余子

干物売りに来たる媼に故郷《ふるさと》の漁師訛りがちょびっと混じる

肝心なときに電話のかかりきて推理ドラマの結末不明

方形の屋根の曲線宝珠より廂に続く反りの正しさ

庭の木の頭刈られてその向こう由布のお山が顔を出したり

観光地になってしまった由布院は好《す》かんが朴な由布山は好き

台風の過ぎたる浜に人出でて乏しき幸を拾い合うかな

三尺《みさか》にも満たぬ木ながら角鉢に枝張るひと木黄葉《もみじ》せりけり

落ちるだけ落ちて残れる一枚が吹かれて枝にいつまでもあり

夜《よる》の内降りたる雨は田の面《おも》にいくつか小さき溜まりつくりぬ

暗きより暗くなるまで稲刈りてしみじみ空を仰ぐことなし

澄みわたる昼の光に山畑は豇豆《ささげ》弾くる音もこそすれ

畑中に積み重ねたる豆殻を叩きて夕のしぐれ過ぎたり

三ツ星の味は知らねど秋上げの今宵零余子のほくほくご飯

木犀

わが歌の酷評されていむ頃か母の忌日の香摘《こう》みつつ

空を吹く風落ちゆきて木犀の香のなきまでに宵冷えわたる

穭穂《ひつじほ》の末《うれ》吹く風もうそ寒く底なき玄き冬に入り行く

豌豆の根方の灰に冬越ゆる蝶か平たく羽畳みおり

笠立つる椎茸いくつその笠の開くことなきままに干乾ぶ

鬩《せめ》ぎ合う泡立草と茅叢ともろとも霜に末枯《すが》れ臥しゆく

かにかくに二十世紀も過ぎゆきて二十世紀という梨消えつ

平成二十年

寒時雨

としどしの年の葉書もいつよりか来ずなり遠くなれる金瓶《かなかめ》

金瓶は山形県上山市の斎藤茂吉の生地

元旦の日の丸立つるをつい忘れ今年の計のはや頓挫せり

正月の二日の今日の昼過ぎて堀り残したる芋掘りにゆく

水くらき池の底いにひそまりて動かぬ鯉の背《そびら》が赤し

鋤き返す冬畑土の土塊《つちくれ》の土の断面黒光りせり

二時打つを聞きてうとうと三時四時過ぎて曇入る音に目覚めつ

ときたまに街に出で来て昼どきとなれば入りゆくいつもの店に

白寿プラザという店ありて足腰に電気を通す器具などを売る

野菜苗広げ路上に売るところ過ぎていつもの速歩に戻る

寒時雨過ぎてすなわち荷となれる蝙蝠傘を下げて歩めり

由布岳

上り来てここより見ゆる由布岳の今朝雪被《かず》くその双つ峰

吹き晴れて遠山の雪光る今朝霜に滑りつつ榾木《ほだぎ》を運ぶ

つわぶきの丸葉は低く土の面《も》にその葉広げて冬さびをせず

雪景色映す画面に窓の外見ればふんわり牡丹雪降る

仏の座などというとも蔓延《はびこ》りて是非なし鍬の先にて削る

お迎えが早く来ぬかと言いいしが個室に入りて言わなくなりぬ

爺臭いなどと思いておりたりし後手《うしろで》歩きを老いてするなり

浴室の排水溝に横死せるゴキブリひとつ春のあけぼの

降るとしもなく降り出でし春の雨葱の坊主を濡らしつつ降る

負け続けいたりし力士勝ちてより庭の紅梅その色増せり

線引きて落下するあり宙にまた浮くあり谷に梅の花散る

よく行きし山の池にもこの頃は行かなくなりてわれ年を取る

庭畑にわが食うだけの葱植えて暖かき春来るをただ待つ

はち切れんばかり膨れて天を突く児のチンポコのような空豆

ふるさとの谷の岸辺に爺婆の咲きておらんか　かの岩陰に

庭先に大釜据えて大豆煮る匂いも親しふるさとここは

天麩羅にあるいは茹でて胡麻和えにいかにか食わんこの蕗の薹

水張田

穂ぞ早も熟れて葉擦れの音乾く麦は夕吹く風に吹かれて

熟麦に続く広田は水満ちて水にみどりのいろのそよげり

水張田に山容映る一山《いちざん》のみどりは山の緑より濃し

よく飲んでよく眠りたり産土の御田植祭の牛を務めて

元日に海より出でし太陽が今朝は四国の岬に昇る

海面《うなおも》の平らを移る日の脚の先端沖の舟を捉えつ

山鳩が樟の若葉に籠り鳴く頃となりたり豆を播かんか

昼休みに摘みし野いちごジャムにせん思いながらに畦を塗るなり

「山々は細部没して」老病の斎藤茂吉かく写生せり

孟宗を食いて淡竹《はちく》に五三竹嚙みて真竹の今朝の歯応え

植え終えし水田に残る足跡の窪みが中に蝌蚪が尾を振る

右の手に鋏左に「整枝法図解」を持ちて薔薇と対峙す

暮るるまで田に働きて磯野家の波平氏にも久しく会わず

穂孕み

濃淡の青うつくしき紫陽花の花いつ見てもうす気味悪し

山に日の入るころ歩む水張田をわたるみどりの風に吹かれて

自ずから右肩上がる水桶を担ぎ終えたる後しばらくは

外国人力士ばかりが強かりし夏場所終わり稲は穂孕む

抗癌剤治療にその身保ちいる友はいつ見ても帽子を被る

生命保険勧めくれたる人死にてその後まもなく解約なせり

日本南瓜

「こん畜生こん畜生」と草を抜く草に恨みのあるわけでなく

今一つ実の張り足りぬピーマンに肥料をやれば草がはびこる

良は売り可は人様に残りたる不可のスイカは自ら食す

南瓜にも貴賤流行またありて日本南瓜姿を消しつ

作るより買うが安しと思いつつ播き時くれば種買いに行く

四十年あれこれありて暮らし来し妻となかよく膏薬を貼る

向こうより手を振り来るは誰ならむ誰でもよけれ手を振り応う

穂の少し出でて葉擦れの音乾く黍は夕吹く風に吹かれて

詩魂など大層なものあるはずもなくて茜の下に鎌研ぐ

歌会

先生の歌集にわれを詠みし歌あるさえ知らず怠け来しかな

歌作ることがそんなに大事とも思えず日に日に冬瓜太る

人皆の稲刈る昼を歌会《うたかい》に行くといそいそゆく中井君

昼間より歌の先生酩酊し路上闊歩す独りさみしく

かねてより寿命九十四歳と定めてあれば

残年の三十年を思うとき怠《おこた》り怠《なま》け生きて来しかな

曼珠沙華

曼珠沙華咲く畑道《はたけみち》子狐がでんぐり返り打って日照雨《あめ》止む

唐辛子なぜに赤いかたらちねの母は十九歳《じゅうく》で私を産んだ

黍は穂の熟れてその身の軽々と夕風中にそよぎて立てり

その夜より夜なべ仕事を始めたる八朔の夜の泣き饅頭よ

掌《てのひら》に弄び来し団栗の円実と別る掌飽きて

平作《ひらさく》にあれど湯気立つしろがねの飯《いい》を屋敷の神に供えん

刈小田の面《おも》に散らばる藁屑が今日の秋日に乾きて匂う

藁屑の散りばう田の面《も》月照りて田の神様も山へ帰った

黄濁の色澄みゆきて中天に輝く白き円となりたり

かの寺の紅葉見て来し目にし沁むここなる畦の櫨の紅葉は

頬被りして栗拾う晩年のさみしかりにし父のごとくに

洗われて盛られて籠にラディッシュの指頭がほどの赤が売らるる

マンゴーやパパイアなどもよいけれどやはりやっぱり日本の柿

山ふかくここの木原に降りいづる雨は落葉に音して降れり

物忘れ減らす薬効あるというブナハリタケの切り抜きを持つ

豌豆の竹を立てんと思いつつ思いながらに年の瀬となる

十二月八日薄明東天の弾けて後《のち》の今の日本《にっぽん》

東京はいまだ東の京なれば淋しその名もかの一人《いちじん》も

あとがき

本集は『国東』『孤行』『閑雲』『翁草』に続く第五歌集で、平成十六年から平成二十年までに「牙」を中心に発表した作品をほぼ制作順に収めた。年齢にして六十歳から六十五歳にあたる。

いつもながら出来が悪く延び延びになっていたが、五年ごとに歌集を纏めるのは先師石田比呂志との約束事であり日々の記録として思い切って出すことにした。

この五年間は妻と二人の平々凡々とした生活で、借りた畑での農作業や専業農家である兄宅の手伝いをしながら過ごす毎日であった。退職後のにわか百姓であるが食は生命の根源であり、その食を作り出す仕事に携わることにかすかな喜びもあった。その内、百姓根性のようなものも感じるようになり、百姓には百姓の歌があるはずという思いも強くなった。このため、農事に関する歌を中心に収載し、年に数回は出かけた国内外の旅行や登山等の歌はごく一部を除いてすべて捨てた。

題名の『百耕』は辞書にもないが、何回も、丁寧に、深く耕すことは農事の基本であり、同様に心裏を耕すことによって何か新しいものが見えてくるような気がして集名とした。

歌数はこれまでの四歌集と同様四〇三首としたが、歌の上では些かの進歩もなく「農事日誌」のようなものになってしまった。

今回も砂子屋書房の田村雅之氏、装幀の倉本修氏のお世話になった。記してお礼申し上げます。

平成三十一年二月十七日

中井康雄

百耕　中井康雄第五歌集

二〇一九年四月一〇日初版発行

著　者　中井康雄
大分県速見郡日出町五五五－九六（〒八七九－一五〇六）

発行者　田村雅之

発行所　砂子屋書房
東京都千代田区内神田三－四－七（〒一〇一－〇〇四七）
電話　〇三－三二五六－四七〇八　振替　〇〇一三〇－二－九七六三一
URL　http://www.sunagoya.com

組　版　はあどわあく

印　刷　長野印刷商工株式会社

製　本　渋谷文泉閣